献给周斯

图书在版编目（CIP）数据

当熊爱上蝴蝶 /（荷）哈灵根著；曾齐译.
— 南京：江苏少年儿童出版社，2011.9
ISBN 978-7-5346-5817-4

Ⅰ.①当… Ⅱ.①哈… ②曾… Ⅲ.①儿童文学－图
画故事－荷兰－现代 Ⅳ.①I563.85

中国版本图书馆CIP数据核字(2011)第174979号

著作权合同登记号 图字：10-2011-482

书　　名　**当熊爱上蝴蝶**
总 策 划　敖　德
责任编辑　张婷芳　陆映秋
助理编辑　朱其娣
特约编辑　王　芳
美术编辑　森　林
出版发行　江苏凤凰少年儿童出版社
地　　址　南京市湖南路1号A楼　邮编：210009
印　　刷　雅迪云印（天津）科技有限公司
开　　本　889毫米×1194毫米　1/16
印　　张　2
版　　次　2018年7月第2版　2021年6月第2次印刷
书　　号　ISBN 978-7-5346-5817-4
定　　价　35.00元
（如有印装质量问题，请与承印厂联系调换）

江苏凤凰少年儿童
出版社官方微信
公众号

耕林童书公众号

耕林市场部：010-57241769/68/67
13522032568 贾玉美
合作、应聘、投稿、为图书纠错，请联系
邮箱：genglinbook@163.com
新浪微博 @耕林童书馆

当熊爱上蝴蝶

[荷兰] 安娜玛丽·梵·哈灵根/著   曾　齐/译

江苏凤凰少年儿童出版社

熊爱上了蝴蝶，

在他的心里，她就像轻灵的天空一样可爱。

她在花丛中飞舞，

轻盈得几乎不留痕迹。

熊急切地想向蝴蝶倾诉心声，

可是他很害羞，所以说得结结巴巴，词不达意。

蝴蝶惊奇地听着，试图弄明白他想说什么。

"不如你把想说的话写下来吧。"她对他说。

熊用心来写，用心来画。

"这是什么呀，怎么看起来到处都是乱糟糟的！"蝴蝶不解地说。

熊为蝴蝶演奏心底最美妙的歌，
却突然停了下来，不知所措地看着她。

蝴蝶取出手帕，

熊演奏得实在太精彩了，眼泪流下了她的脸蛋。

"花的圆舞曲！"她感动地说，"这是我最喜欢的歌。"

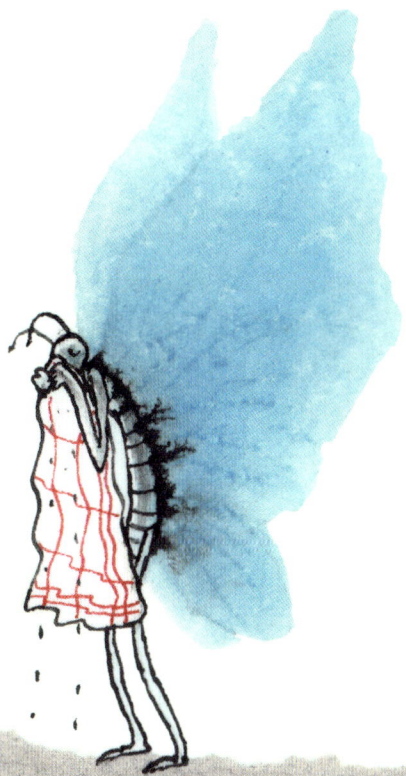

用花来说话！

熊摘了很多花，摘呀摘呀摘，

直到他满手满怀都是鲜花。

"哎呀，你怎么把花全都摘下来了？
花摘下来就没有花蜜了，
没有花蜜我可怎么过冬呢？"蝴蝶说。

冬天？熊心想，冬天快来了，
我要为蝴蝶织一件毛衣，
把我全部的爱都织进去！

"熊，谢谢你！"蝴蝶不好意思地说，
"请你替我保管这件毛衣，直到下雪，好吗？"
蝴蝶觉得自己看起来就像顶毛线帽，
可是有谁见过会飞的毛线帽呢？

雪？熊心想，我要给蝴蝶头上搭一个屋顶，
我要为她建一栋高楼，高耸入蓝天！

"哦，熊，救救我！我怕高！"蝴蝶惊叫道，
"我从来不敢飞到高于花丛的地方！"

熊很伤心。

他什么都试过了，可是蝴蝶好像又聋又哑又瞎。

难道，难道她就真的不明白他的心意吗？

做什么都没有用。

熊很生气，生自己的气，

也有一点点生蝴蝶的气。

他把所有的东西都砸坏了。

熊不愿意再多想蝴蝶，

他把东西拢成一堆，点上火，用力扇风。

蝴蝶正在看落日如何给天空涂上颜色。

熊感到一阵微风，
蝴蝶站在他跟前。

"那些烟云真美呀，"蝴蝶羞涩地说，
"是你送给我的吗？是因为你喜欢我吗？"
她羞得不敢看熊的眼睛。

"我一直都觉得你最棒了，"蝴蝶说，

"像巧克力一样。"

他们俩都知道得最清楚，

最棒的巧克力

跟轻灵的天空

是如何地般配。